Ingo Siegner

El petit drac Coco a l'Atlàntida

Ingo Siegner

El petit drac Coco
a l'Atlàntida

Traducció de Katinka Rosés

laGalera

Primera edició: febrer del 2012
Tercera impressió: desembre del 2016

Títol original alemany: *Der kleine Drache Kokosnuss auf der Suche nach Atlantis*

Disseny: Basic-Book-Sesign, Karl Müller-Bussdorf
Maquetació: Adriana M. Vila-Abadal

Edició: Marcelo E. Mazzanti
Direcció editorial: Iolanda Batallé Prats

Aquest llibre va ser negociat a través d'Ute Körner Literary Agent, Barcelona
(www.uklitag.com)

Textos i il·lustracions d'Ingo Siegner

Casa Catedral ®
Josep Pla, 95 – 08019 Barcelona
www.lagaleraeditorial.com
lagalera@grec.cat
facebook.com/editoriallagalera
twitter.com/editorialgalera

Imprès a Egedsa
Roís de Corella, 16 – 08205, Sabadell

Dipòsit Legal: B-168-2012
Imprès a la UE
ISBN: 978-84-246-4267-9

Índex

La carta nàutica

—Coco! Desperta't!

—Ara? Però si encara és fosc! —remuga en Coco amb cara de son, traient el cap per la cova.

—Però si havíem quedat per anar a pescar! —li contesta l'enorme drac Manel.

—És veritat: pescar!

En Coco salta del llit, agafa la seva bossa i acompanya el seu pare fins a la badia dels Dracs.

I abans que es faci de dia, ja naveguen per la zona de pesca que es troba davant de l'illa del Drac.

En Manel llança l'ham i s'asseu còmodament a esperar. En Coco utilitza un estri creat especialment per mirar les profunditats de l'oceà. És una caixa de fusta amb una finestra incorporada.

El petit drac observa atentament: just en aquest moment, un banc de peixos passa per sota de la barca.

—Pare, han mossegat l'ham?

—No —diu el gran drac.

En Coco mira ara el fil de pescar.

—Fins on arriba el fil de pescar, pare?

—Mmm —murmura en Manel—, fins molt lluny.

—Aquí baix hi viuen molts animals desconeguts, oi?

—Sí, molts —remuga en Manel.

—I antics regnes que es van enfonsar, oi?

—És possible... —diu en Manel mentre observa com la canya de pescar es mou suaument d'un costat a l'altre.

—Per exemple, la llegendària Atlàntida? —pregunta en Coco.

En Manel es grata la barbeta.

—Però això és una llegenda, no és veritat.[1]

—No, pare —contesta en Coco mentre li mostra una carta nàutica—. La vaig trobar en una caixa vella de l'avi Jordi.[2] És molt antiga i sembla real.

[1] El filòsof grec Plató va escriure fa molts segles la història d'una civilització perduda anomenada *Atlàntida*.

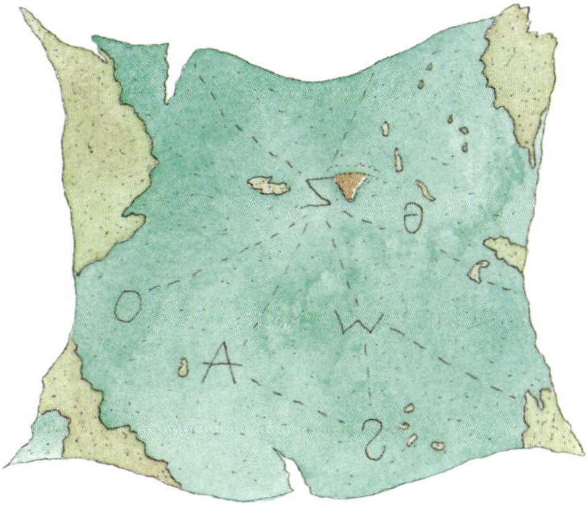

—Ho veus: la A assenyala on és l'Atlàntida.

—Mmm —murmura en Manel.

De sobte, la canya de pescar comença a moure's.

En Manel intenta aixecar-la, però, per més que ho intenta, no pot.

—Deu ser un peix gegant! —crida en Manel.

La barca es balanceja d'una banda a l'altra. En Coco veu alguna cosa molt gran que s'apropa des del fons del mar.

—Mare meva!

—Què passa? —pregunta en Manel.

Un drac gegant surt a la superfície. En Coco sospira alleugerit. És el seu amic Amadeu, el drac que viu al mar.

—El vostre ham s'ha enredat als meus cabells.

[2] En Jordi, l'avi d'en Coco, té més de cent anys.

M'està punxant el cap —es queixa el drac de mar.

—Oh, em sap greu! —li diu en Manel.

En Coco vola fins al cap de l'Amadeu, retira l'ham i pregunta:

—Amadeu, tu saps on és l'Atlàntida?

—Però si això és una llegenda, no és veritat!

—Sí, sí —diu en Coco i li mostra la carta nàutica.

—Mmm —murmura l'Amadeu—. Aquesta zona no la conec. Està a molta profunditat, i jo no puc aguantar la respiració tant de temps.

—Ho veieu? —diu en Coco—. És per això que es diu que l'Atlàntida no existeix. Es troba a tants metres de profunditat, que la gent se n'ha oblidat.

—No ho sé, no ho sé... —comenta l'Amadeu.

—Us ho demostraré! —diu el petit drac, decidit.

—Com ho faràs? —pregunten en Manel i l'Amadeu.

—Descobriré l'Atlàntida i us deixaré amb un pam de nas!

La Matilde també ve

A la cova dels Dracs, en Coco agafa tot el que necessita per a la gran aventura: l'equip de busseig, la carta nàutica, la brúixola, la ullera de llarga vista, aigua potable i un plàtan. Després se'n va a casa de la Matilde. La porc espí és la seva millor amiga.

—Matilde! —crida en Coco—. Véns amb mi a fer descobriments?

—Què hem de descobrir?

—L'Atlàntida, l'illa que es va enfonsar, un regne perdut.

—L'Atlàntida? Però si és una llegenda, no és veritat!

—Això és el que tots es pensen, però... mira!

I li ensenya la carta nàutica. La Matilde la mira amb sorpresa.

—Ui!, i com hi penses arribar?

—Visitaré en Mandonguilla, potser podrà vendre'm un submarí.

—Però si només ven andròmines.

—Véns o no véns?

—D'acord —diu la Matilde sospirant—. Ja començava a avorrir-me aquí sola. Tothom és de vacances, fins i tot l'Òscar. Està navegant amb els seus pares. Volen pescar, però porten 50 bous rostits, per si de cas.[3]

—Pobre Òscar. Espero que també porti prou fruita i verdura. És vegetarià.

[3] L'Òscar és un petit drac devorador. Els dracs devoradors poques vegades abandonen l'illa: temen no trobar prou menjar a altres llocs.

En Coco i la Matilde es dirigeixen a la cova d'en Mandonguilla. En Mandonguilla és un drac nassut que treballa amb andròmines que troba entre les restes dels naufragis. En realitat es diu Lluc, però tots l'anomenen Mandonguilla perquè la seva panxa és rodona.

En Mandonguilla està fent una migdiada a la seva gandula.

—Desperta't! —diu en Coco.

El drac obre els ulls, espantat.

—Què... què passa? Hi ha un incendi?

—No, volem comprar un submarí!

—Aquest matí? Esteu sonats o què?

—No, volem descobrir l'Atlàntida i per a això necessitem un submarí.

En Mandonguilla arrufa el nas i diu:

—L'Atlàntida... n'he sentit a parlar, però és una llegenda, no existeix.

—I tant que sí! —contesta el petit drac.

En Mandonguilla continua amb el nas arrufat.

—D'acord, vaig a mirar, tot i que ara la botiga està tancada.

—I a quina hora obres?

—Depèn, quan en tinc ganes.

—I ara en tens ganes? —li pregunta la Matilde.

En Mandonguilla, inspira i remuga:

—No, però ja que sou aquí, faré una excepció.

La cova d'en Mandonguilla

La cova d'en Mandonguilla és plena de prestatgeries, taules, armaris, calaixeres i altres mobles. Del sostre pengen grans quantitats de llums i als prestatges hi ha caixes, fotos, teles, ninots, taules, recipients, paelles i moltes coses més. Fa olor de vell i de pols, com a tots els llocs on s'acumulen andròmines. En Mandonguilla els ensenya una barca amb rems.

—Mireu, cent per cent qualitat.

La Matilde observa les taules de fusta podrides.

—En primer lloc —diu la Matilde—, no es tracta d'un submarí. En segon lloc és ple de forats. I en tercer lloc, segur que s'enfonsa.

—Hi, hi, hi —riu en Mandonguilla—, llavors sí que seria un submarí.

—Molt graciós! —exclama en Coco, que de sobte veu un objecte curiós.

És pla i rodó com un disc, i té una cúpula de vidre.

—Què és això? —pregunta.

—Ho vaig trobar a la platja fa molt temps. És un BOVNI.

—Com? —pregunten en Coco i la Matilde alhora.

—Un BOVNI —repeteix el drac nassut—. Un Boig Objecte Volador No Identificat. Segur que ve de l'espai.

En Coco i la Matilde escolten atònits.

—Si pot resistir a l'espai —diu el petit drac— segur que també resistirà a l'aigua, així podríem utilitzar-lo com a submarí.

—Val 20 cocos.

—20? —exclama la Matilde—. Crec que se t'han afluixat algunes espines!

—Està bé, us el deixo per 18.

La Matilde encreua els braços, ofesa:

—No ho deus dir de debò! 18 cocos per aquesta antigalla?

—Però si és un BOVNI autèntic.

—Matilde —li murmura en Coco—, 18 cocos és un bon preu.

Però la petita porc espí és molt tossuda:

—10 cocos.

En Mandonguilla sospira i diu:

—10? Crec que no t'he entès bé, dec tenir remolatxa a les orelles, 10 cocos per a aquest únic, irrepetible, increïble, espectacular...

—BOVNI —afegeix en Coco.

—Exacte! BOVNI! Mai el vendria per 10 miserables cocos!

Després de dir aquestes paraules, en Mandonguilla també encreua els braços i mira ofès cap al sostre. Però la Matilde diu:

—D'acord, 15.

—Adjudicat! —pronuncia el drac nassut.

La Matilde assenteix satisfeta i afegeix:

—Però només si ve amb un manual d'instruccions!

En Mandonguilla murmura:

—Buf, i a sobre manual d'instruccions...

S'apropa a un vell escriptori i comença a buscar en un calaix. Al cap d'una bona estona, somriu i crida:

—Ahà, ja el tinc! Manual d'instruccions del BOVNI. L'ordre és mitja vida!

I mentre en Coco i la Matilde s'ocupen de buscar els cocos, en Mandonguilla trasllada el BOVNI a la badia dels Dracs.

El BOVNI

El BOVNI reposa sobre la sorra, mentre la Matilde llegeix el manual d'instruccions.

—No entenc res —murmura la porc espí—. Aquí només hi ha símbols estranys...

En Coco mira el vehicle per totes bandes. De sobte pica de mans i crida:

—BOVNI, obre't!

La cúpula de vidre s'obre amb un suau xiulet. La Matilde mira el manual d'instruccions i diu:

—Aquí no posa res d'això.

En Coco arronsa les espatlles.

Els dos amics pugen, en Coco pica de mans i crida:

—BOVNI, tanca't!

La cúpula de vidre es tanca amb un suau xiulet.

La Matilde somriu. Ara és ella la que pica de mans i crida:

—BOVNI, enlaira't!

Però el BOVNI no es mou.

—Vinga, vinga, vinga! —crida la Matilde.

I el BOVNI fa dos salts.

—Ai, el meu cul! —crida la porc espí.

—Mmm —murmura en Coco mentre mira els comandaments—. Hi ha quatre botons, cada un amb un dibuix: un núvol, un peix, un estel i una sabatilla.

En Coco pitja l'interruptor amb el núvol. Se sent un brunzit i el BOVNI s'aixeca del terra. El petit drac mou la palanca de comandament. El BOVNI comença a avançar silenciosament.

—Uauuu! —crida la Matilde—. Estem volant!

Amb la carta nàutica i una brúixola, els dos amics inicien el viatge.

Ja fa una bona estona que sobrevolen la immensitat de l'oceà, quan passa una cosa inesperada: el BOVNI comença a balancejar-se. A continuació cau en picat.

—Què passa? —crida la Matilde.

En Coco intenta controlar el BOVNI, però aquest cau sobre l'aigua. Els dos amics estan molt espantats. Per sort no s'enfonsen. De sobte, una llumeta vermella comença a parpellejar i s'obre una petita comporta al costat del quadre de comandament. En Coco mira amb cautela cap a l'interior de l'obertura.

—Mmm, un forat fosc.

De sobte, la porta comença a tritllejar.

El petit drac s'espanta, i la Matilde treu una patata de la seva motxilla.

—Què vols fer amb una patata? —li pregunta en Coco.

—Potser té gana.

La Matilde llança la patata a l'interior de l'obertura. Se sent un soroll estrany i la patata surt volant cap al nas de la Matilde.

—Ai!

—Hi, hi, hi —riu en Coco—. Crec que al BOVNI no li agraden les patates.

—Molt graciós —contesta la Matilde.

—Espera —li diu en Coco—, tinc una altra cosa.

I llança el seu plàtan. De nou se sent el soroll, noten una petita tremolor i —plaps!— la pela de plàtan surt volant cap al nas d'en Coco.

—Hi, hi, hi —riu aquesta vegada la Matilde. Li agraden els plàtans, però pelats.

La comporta es tanca i el BOVNI s'enlaira de nou.

En Coco mira, sorprès.

—Un BOVNI que menja plàtans, que curiós!

Volen tota la tarda sobre l'oceà, fins que arriben a la destinació.

En Coco prem l'interruptor amb el peix. El BOVNI se submergeix al mar. Per sota de l'aigua va tan ràpid com per l'aire.

—Anem cap al fons del mar! —exclama en Coco i dirigeix el BOVNI cap a les profunditats.

A les profunditats, el pop i la balena

Baixen i baixen, i pel camí troben bancs de peixos, esculls de corall, grups d'algues i roques. Com més se submergeixen, més fosc es torna tot, ja que els raigs de sol no arriben tan avall.

—Coco, mira! —crida la Matilde.

Una medusa enorme i brillant passa pel seu costat.

Aviat és tot fosc. Del BOVNI surten uns fars que s'encenen sols.

Veuen criatures molt curioses: peixos amb espines, enormes cucs en forma de tub i crancs gegants. Però del regne de l'Atlàntida, res de res.

El BOVNI llisca per un congost, i torna a començar a fer un soroll estrany. El llum vermell parpelleja i la comporta s'obre.

—Oh, no, el BOVNI torna a tenir gana! —diu la Matilde.

—Doncs no tinc més plàtans! —exclama en Coco—. Per més que acciono la palanca de

comandament, el BOVNI no fa més que baixar.

—Vinga, vinga! —crida la Matilde.

Llavors s'apaguen els llums. Només queda encès un llum d'emergència i el BOVNI comença a balancejar-se.

—Què ha estat això? —pregunta la porc espí.

—Crec —diu en Coco— que la pressió és massa forta. Tenim tanta aigua al damunt, que podríem morir aixafats com una llauna de sardines.

—Doncs que bé, quedarem més plans que un segell de correus.

El BOVNI aterra al fons del mar i emet un gemec estrany.

—El BOVNI s'ha aturat —murmura en Coco.

—P... però, com sortirem d'aquí? És massa profund per bussejar.

De sobte, en Coco s'estremeix.

—Has vist això?

Ara la Matilde també ho veu: és un pop gegant!

—Que gran!

Uns enormes tentacles agafen el BOVNI i el desplacen cap a un costat. Les seves ventoses s'enganxen a la cúpula de vidre mentre els dos amics observen atònits.

La Matilde conté la respiració.

—Espero que no ens aixafi.

Llavors el pop deixa anar el BOVNI i aquest aterra de nou damunt la sorra del fons del mar.

—Què passa ara? —pregunta la Matilde.

Una boca enorme agafa el BOVNI i comença a pujar amb ell cap a la superfície.

—Morirem esclafats pel pop gegant —murmura la Matilde amb la veu tremolosa.

—Això no és la boca del pop —diu en Coco—. Aquestes dents són de balena.

El petit drac mira amb cautela cap a fora.

I sí, es tracta d'una enorme balena.

—És la Casimira! —crida en Coco, feliç.[4]

Quan la balena arriba a la superfície del mar, deixa anar el BOVNI. En Coco pica de mans i la cúpula de vidre s'obre.

—Coco! —crida la balena—. Ja em semblava que eres tu!

—Casimira! —crida alegrement el petit drac—. Ens has salvat!

—I per a mi ha estat un deliciós sopar.

La Matilde no es pot creure el que està sentint.

—T'has menjat el pop?

—És broma! Tot i les meves dimensions, menjo coses molt més petites que un pop.

—Què fèieu aquí a baix, a les profunditats de l'oceà? —pregunta la Casimira.

—Estem buscant l'Atlàntida —contesta en Coco.

—Saps on és?

—L'Atlàntida? —pregunta la Casimira—. Això és una llegenda, no és veritat!

[4] La balena Casimira i en Coco es van conèixer a *El petit drac Coco i les seves aventures.*

—I tant que sí! —diu en Coco tot mostrant-li la carta nàutica.

La balena estudia la carta amb interès.

—Segons aquesta carta esteu en el lloc correcte. Conec aquesta zona com la meva gepa, però l'Atlàntida... mai l'he vist.

En Coco, es posa trist.

Llavors, la Casimira recorda alguna cosa:

—Una vegada vaig passar pel costat d'unes ruïnes, que més o menys estaven per aquí —diu assenyalant la carta nàutica.

—Ruïnes al fons del mar —crida en Coco—, això és el que estem buscant!

—Però heu d'anar amb compte —diu la Casimira—. A les ruïnes, hi viu la Rosa, un peix morena. Té una boca enorme i les dents afilades, i quan està de mal humor pot ser molt desagradable.

—Oh —diu la Matilde.

De sobte en Coco veu una cosa que es mou a l'horitzó. Mira a través de la seva ullera de llarga vista i crida:

—Però quina sort que tenim! És l'Òscar. Segur que té plàtans perquè puguem enlairar de nou el BOVNI.

La barca de la família dels dracs devoradors se'ls apropa.

—Mmm —murmura la Casimira—, ja me'n puc anar. I fent una salutació amb la cua s'acomiada i desapareix al fons del mar.

—Si que ha marxat ràpid —comenta la Matilde, sorpresa.

—Em sembla que té una mica de por dels dracs devoradors —diu en Coco.

La barca dels dracs devoradors

Els pares de l'Òscar prenen el sol estirats a la barca. Han menjat tantes cuixes de bou que tenen son. L'Òscar dirigeix la barca i observa el mar. «Quina excursió més avorrida», pensa.

De sobte fa uns ulls com unes taronges. No són... en Coco i la Matilde?!

Els sent cridar:

—Òscar, som aquí!

L'Òscar està boig d'alegria. Per fi passa alguna cosa!

—Però, què feu aquí? —crida el petit drac devorador. Això és un submarí?

—No, és un BOVNI —li explica en Coco—, pot volar i submergir-se, però només si li donem plàtans.

Els ulls de l'Òscar brillen d'emoció.

—Doncs jo en tinc!

—Que bé! —diu en Coco—. No vols venir amb nosaltres?

Llavors es desperten els pares de l'Òscar. La Matilde s'amaga sota el quadre de comandament i en Coco comença a tremolar com una fulla; mai se sap si al pare de l'Òscar li pot venir de gust menjar-se un drac de foc o un porc espí.

—Uau! Quin trineu més xulo! Puc pujar-hi?

—Estàs massa gras! No hi caps!

—No estic gras —replica ell—, només estic tip de bou.

—Mare, puc anar amb en Coco i la Matilde? —pregunta l'Òscar.

—On aneu? —pregunta ella.

—Estem buscant l'Atlàntida —contesta en Coco.

—L'Atlàntida? Però si és una llegenda, no és veritat!

—Sí que és veritat! —diu en Coco—, tinc una carta nàutica que indica on és.

—Ah... —diu en Ramon.

—Pots anar amb ells, Òscar, si em prometeu que tornareu aquesta nit a l'illa del Drac.

Dit i fet, l'Òscar va a buscar el cistell de fruita i puja al BOVNI amb en Coco i la Matilde.

—Aquí teniu un deliciós plàtan —diu el petit drac devorador.

En Coco pela el plàtan i el llança al forat. Des de dins del BOVNI se sent una mena de ronc de satisfacció.

—Adéuuuuu! —crida l'Òscar mentre saluda amb la mà.

Rosa, la morena

Hauria de ser aquí —diu en Coco dirigint el BOVNI cap a l'aigua.

—Uauu, ens submergim! —crida l'Òscar, emocionat.

Amb prou feines són sota l'aigua, que en Coco veu una cosa que el deixa atònit: del fons del mar s'eleven columnes de pedra i ruïnes. Algunes estan mig cobertes de sorra, d'altres, d'algues.

—L'Atlàntida! L'hem trobat! —exclama.

Però calla, en veure un cartell:

ROSA, LA MORENA

—Potser el peix morena ens podrà explicar alguna cosa sobre l'Atlàntida —diu en Coco mentre es posa les aletes de busseig i es col·loca el tub per respirar sota l'aigua.

—No deus pas voler bussejar? —pregunta la Matilde estupefacta—. La morena se't menjarà sencer, amb pell i aletes per bussejar.

—Apa! No em farà res —contesta el petit drac mentre surt pel portell de busseig.

—Que típic! —protesta la Matilde—. Segur que no trigarà ni un minut a tenir problemes, i haurem de sortir corrents.

—El seguiré —diu l'Òscar, i això fa.

—Vaja... —remuga la Matilde. Ella també es posa les aletes per bussejar i el tub per respirar sota l'aigua i segueix els dos petits dracs.

Els tres amics descobreixen una campana en un racó. En Coco estira del cordill.

Miren cap a la foscor i esperen. Tant de bo no hagin despertat la morena!

Els tres amics estan una mica nerviosos.

De sobte veuen una gran morena. Fan un pas enrere i li veuen l'enorme boca plena de dents afilades.

«Esperem que no estigui de mal humor», pensa en Coco. Crec que no ha estat una bona idea això d'apropar-nos.

L'enorme morena surt de la seva cova i envolta els petits amics. I els diu molt seriosa:

—Què feu aquí, criatures desconegudes?

—Nos... nosaltres, glu, glu —diu en Coco—. Parlar sota l'aigua costa molt, glu, glu, glu. Estem buscant l'Atlàntida, glu, glu.

—L'Atlàntida? Això és una llegenda, no és veritat!

—Però, i aquestes ruïnes?

—Són d'una ciutat romana que va quedar coberta pel mar.

—Una ciutat romana? —pregunta en Coco decebut—. Vaja, estava segur que havíem trobat l'Atlàntida. Glu, glu, et fa res si pujo un moment per agafar aire?

—Necessites aire? Ai, que m'agafa un atac de riure! No ets un drac d'aigua?

—No, glu, glu —diu en Coco i busseja cap a la superfície.

La Matilde i l'Òscar el segueixen, també estan a punt d'ofegar-se. Quan arriben a la superfície, tots tres agafen aire.

—I ara què fem? —pregunta la Matilde

—Potser la Rosa sap alguna cosa sobre l'Atlàntida —diu en Coco—. Tornaré per preguntar-li.

Se submergeix de nou i torna amb la morena.

—Saps on pot ser, l'Atlàntida?

La Rosa pensa un moment.

—Una vegada, tot sopant amb un peix viatger, em va explicar que havia vist una ciutat inundada, que semblava una balena morta, negra, florida i abandonada.

—Deu ser allà! —crida en Coco satisfet.

—Saps, glu, on és?

—Si no ho recordo malament, era al mar del Nord. Un cop sigueu allà, gireu a la dreta, i la trobareu allà al fons.

—Gràcies, Rosa, moltes gràcies! —diu en Coco i busseja cap al BOVNI.

La Matilde i l'Òscar també donen les gràcies a la morena i segueixen el petit drac. Quan els tres aventurers es troben de nou instal·lats al BOVNI, en Coco crida entusiasmat:

—Cap al mar del Nord!

Una ciutat al mar

Volen a la velocitat del vent en direcció al mar del Nord. L'Òscar alimenta el BOVNI amb un parell de plàtans i de seguida veuen els primers icebergs. En Coco dirigeix el BOVNI cap a les profunditats del mar. Busquen i busquen una bona estona. Quan ja estan a punt de donar-se per vençuts, l'Òscar crida:

—Mireu!

Davant seu veuen un vaixell que s'ha enfonsat. Té diferents nivells i moltes cabines, finestres i portes, escales i passadissos.

—És un vaixell de vapor que va naufragar —diu la Matilde.

En Coco arronsa les espatlles. El petit drac està molt decebut.

—Crec que l'Atlàntida no existeix —diu.

—Però, heu buscat pertot arreu? —pregunta l'Òscar.

—Per tot l'oceà —murmura en Coco.

—Però hi ha més oceans!

—Jo amb un ja en tinc prou —diu la Matilde—. És tan gran, que t'hi perds!

—I què fem ara? —demana l'Òscar.

En Coco està cada vegada més trist. I és que li feia tanta il·lusió descobrir l'Atlàntida!

—Tornem a casa —diu el petit drac, resignat, mentre dirigeix el BOVNI cap a la superfície.

El cel s'ha cobert de núvols grans i grisos.

—Quin temps més lleig —diu la Matilde.

En Coco treu la brúixola.

—I ara què passa?

L'agulla de la brúixola ha deixat de moure's. L'agita amb força, però l'agulla es manté immòbil.

—Tenim un problema —murmura el petit drac.

—Vols dir que no podem tornar a casa? —pregunta la Matilde.

—Potser som massa a prop del pol nord —diu l'Òscar—. Una vegada vaig sentir que allí les brúixoles no funcionen.

En Coco observa el cel gris.

—Pel Sol no ens podem guiar. No es veu.

L'única cosa que poden veure és un parell d'icebergs, aigua i núvols, i així fins a l'horitzó.

Pica amb les mans i s'obre la cúpula de vidre. Tots tres entren.

—Tenim encara suficient menjar i beguda? —pregunta la Matilde.

—Doncs... quatre plàtans i aigua potable —diu l'Òscar.

En aquest moment s'obre la comporta.

En Coco sospira.

—El BOVNI té gana.

—Jo també —diu l'Òscar.

—I jo més —afegeix la Matilde.

Així, doncs, decideixen repartir-se els plàtans: un per a la Matilde, un per a l'Òscar, un per a en Coco i un altre per al BOVNI. Aviat serà fosc i comença a bufar un vent gelat.

La Matilde tremola.

—Brrr! Quin fred!

En Coco tanca la cúpula de vidre. El BOVNI s'escalfa ràpidament.

—Mmm, i si activo l'interruptor que té el dibuix de la sabatilla?

—Què significa? —pregunta l'Òscar.

—Probablement, hora d'anar a dormir, o de tornar a casa.

—Espero que no! —diu la Matilde—. Recorda que la seva casa és l'espai!

—Qui sap —diu en Coco—. Potser la seva casa és l'illa del Drac.

—Jo estic a favor de prémer el botó sabatilla —diu l'Òscar—, segur que serà divertit!

La Matilde pensa, observa el mar, el cel gris i sospira.

—D'acord!

En Coco respira profundament i prem l'interruptor sabatilla.

L'Atlàntida!

El BOVNI s'eleva a tota velocitat cap a l'espai. Travessen els núvols i de sobte veuen el cel blau i el sol.

—Quan ho expliqui a casa! —diu l'Òscar.

—Uauu! —diu la Matilde—. Estem a punt de travessar l'atmosfera.

Però quan ja estaven a punt de veure els estels, el BOVNI fa mitja volta i torna a la Terra.

—I ara què passa? —pregunta la Matilde.

—Hi, hi, hi —riu l'Òscar—, és més divertit que una muntanya russa!

—Mireu allà a baix! —crida en Coco.

Hi ha un volcà en erupció enmig del mar. Del cràter surten núvols de cendra. La Matilde observa la carta nàutica i diu:

—Mmm, la carta indica un volcà. I just al costat hi ha uns símbols estranys, semblants als del manual d'instruccions del BOVNI.

El BOVNI s'introdueix al mar i baixa pel pendent del volcà. De moment els tres amics no veuen res a causa de l'aigua tèrbola, però després es queden de pedra.

A pocs metres sota la superfície s'alcen incomptables torres i cúpules, altes i baixes, rodones i punxegudes, en forma de bolet i en

forma d'estel, rectes i rodones. Una enorme ciutat sota l'aigua! Molts dels edificis estan esfondrats, uns altres tenen esquerdes profundes, uns altres només són ruïnes.

—El regne enfonsat —murmura en Coco.

—El BOVNI ens ha conduït a l'Atlàntida.

—Això és casa seva —diu la Matilde, impressionada.

El BOVNI s'atura enmig de les ruïnes i s'apaga. Els tres amics miren al seu voltant.

—I ara, què? —pregunta la Matilde.

En Coco es posa les ulleres de busseig i diu:

—Anem a visitar l'Atlàntida!

De sobte, la sorra del fons del mar es mou i el BOVNI es balanceja d'un costat a l'altre. Els tres amics, espantats, s'agafen de les mans. Torna la calma.

—Què ha estat això? —pregunta la Matilde.

—Ha estat un terratrèmol —diu en Coco—. Ve del volcà.

—Ah, i podria ser perillós? —pregunta la Matilde.

En aquest moment, i just davant de la nau, cau un tros d'una torre que es queda clavada a terra.

—Ups! —murmura l'Òscar—. Valdrà més que marxem d'aquí. Al cap i a la fi ja hem descobert l'Atlàntida.

—Totalment d'acord —afegeix la Matilde.

—Espereu! —diu en Coco—. Haig de sortir un moment a buscar una cosa.

I abans que la Matilde i l'Òscar puguin protestar, en Coco ja s'ha posat les aletes de busseig i ha nedat cap a fora.

—I ara què fa? —crida la Matilde, enfadada.

En Coco busseja entremig de les ruïnes. Abans

ha vist una cosa. Però, on era? Ah, aquí! Una tauleta de pedra amb uns símbols estranys.

En Coco agafa la tauleta i torna nedant a tota velocitat. De sobte, el terra torna a moure's i al seu costat s'enfonsa una columna. El petit drac

no aconsegueix esquivar-la i se li enganxa una pota.

—Aiii, glub! —crida.

Algú aixeca la columna: l'Òscar, que ha seguit en Coco. Encara sort! Tots dos tornen ràpidament al BOVNI.

La Matilde intenta posar-lo en marxa, però no es mou.

—Què li passa? —pregunta en Coco.

—Ni idea —contesta la Matilde—. No pot tenir gana!

—BOVNI, estimat BOVNI —diu en Coco—. Si us plau, porta'ns a l'illa del Drac.

Però el BOVNI roman immòbil.

Cada dia et donarem dos plàtans! —crida la Matilde.

—Tres! —diu en Coco.

—Cent! —crida l'Òscar.

—Cent plàtans? —repeteix la Matilde—. Llavors tindrà restrenyiment.

Però el BOVNI no es mou. En Coco mira cap a fora: cada vegada cauen més trossos de lava i s'esfondren més ruïnes. Sembla que l'Atlàntida està a punt de desaparèixer per sempre! I amb ella, els nostres amics!

—No tenim res més per menjar que no siguin patates? —pregunta en Coco, desesperat.

l'Òscar s'aclareix la gola:

—Mmm, també tinc un bunyol, però són les meves postres.

—Un bunyol! Però si és la cosa més deliciosa que existeix!

En aquest moment s'obre la comporta. L'Òscar llança el bunyol cap a l'obertura. La comporta es tanca, el BOVNI es mou, i les llumetes del quadre de comandament parpellegen.

—Em sembla que li agrada! —diu la Matilde. Obre la comporta i crida—: Si ens portes a l'illa del Drac, cada dia tindràs bunyols de poma i plàtans!

El motor arrenca.

—Molt ben fet, Matilde! —li diu en Coco, conduint el BOVNI entre les ruïnes. Surten del mar amb ímpetu i s'allunyen del volcà.

—Camí de l'illa del Drac! —crida en Coco.

—Camí de l'illa del Drac! —criden la Matilde i l'Òscar.

Una foguera a la platja

Quan el sol es pon a l'illa del Drac, els dracs adults fan una foguera a la platja.

—On deuen ser? —pregunta la mare de l'Òscar.

—Van dir que tornarien aquesta nit? —pregunta en Manel.

—Sí, ho van dir —assegura en Ramon.

—Doncs els serà difícil trobar el camí de tornada enmig de la foscor.

—Tornaran, no us preocupeu —diu en Mandonguilla mentre encén la seva pipa.

En Manel es frega els ulls. Sembla que aquell estel s'està movent!

—Ja vénen! —crida en Manel.

Els dracs reconeixen el BOVNI que s'apropa a la platja. Tots sospiren alleujats.

Quan el BOVNI aterra a la platja, la cúpula de vidre s'obre i en Coco salta.

—Hem descobert l'Atlàntida! —crida.

Els dracs adults no es creuen el que senten. Que han descobert l'Atlàntida?

Els tres aventurers ho expliquen tot: la història amb el pop, la trobada amb la Casimira, Rosa la morena, el vaixell de vapor al mar del Nord, el descobriment de l'Atlàntida i el volcà en erupció.

Després, en Coco mostra a tots la tauleta de pedra que ha portat de l'Atlàntida. Els dracs la miren amb curiositat.

—Però si no s'entén res! —diu en Manel, decebut.

—Potser està escrit en atlàntic —diu en Coco.

—Atlant —el corregeix en Mandonguilla—. Es col·loca les ulleres i mira amb atenció els estranys signes de la tauleta.

—Doncs sí, és atlant. Aquí ho posa: regne de l'Atlàntida, tercer planeta des del Sol.

—Això vol dir que els habitants de l'Atlàntida venien de l'espai —diu en Coco.

—I un dia la seva illa es va enfonsar —diu la Matilde.

—A causa d'un volcà —afegeix l'Òscar.

—I què va passar amb els habitants? —pregunta en Manel.

—Potser van fugir a l'espai —diu en Coco.

La resta observen el cosmos, pensatius.

L'Elsa arrufa el nas.

—És possible, però ara, i després de tantes aventures, tots al llit que demà heu d'anar a l'escola!

—Exacte —diuen en Manel i en Ramon.

—Correcte —diu en Mandonguilla badallant—. Jo també haig de treballar demà. Però només si en tinc ganes.

Tots els dracs marxen a casa seva. Però en Coco, la Matilde i l'Òscar es queden una estona més a la platja mirant els estels.

Serà possible visitar l'espai algun dia?

De sobte senten un soroll que ve del BOVNI.

—Oh —diu en Coco—, li havíem promès una cosa.

—Jo sé on hi ha els millors plàtans de l'illa —diu la Matilde.

—I jo m'ocuparé de buscar-li una bossa gegant de bunyols —diu l'Òscar.

Ara sí, tots se'n van a dormir. Han de descansar, perquè qui sap quines noves aventures els esperen!

TÍTOLS DE LA COL·LECCIÓ

1. El petit drac Coco i les seves aventures
2. El petit drac Coco i el Cavaller Negre
3. El petit drac Coco: No tinguis por!
4. El petit drac Coco i el gran mag
5. El petit drac Coco i el vampir
6. El petit drac Coco i els pirates
7. El petit drac Coco a la jungla
8. El petit drac Coco i el castell encantat
9. El petit drac Coco i la mòmia
10. El petit drac Coco i els indis
11. El petit drac Coco a l'Atlàntida
12. El petit drac Coco a l'espai
13. El petit drac Coco i els víkings
14. El petit drac Coco va a l'escola
15. El petit drac Coco i la bruixa
16. El petit drac Coco i els dinosaures
17. El petit drac Coco va d'excursió
18. El petit drac Coco a Egipte
19. El petit drac Coco al Pol Nord
20. El petit drac Coco i el temple misteriós

I L'ESPECIAL GEGANT

El petit drac Coco fa la volta al món

I NO ET PERDIS ELS LLIBRES DE JOCS!

El petit drac Coco i el castell encantat
El petit drac Coco a la jungla
El petit drac Coco i els indis
El petit drac Coco i els pirates

A la Galera confiem que t'ho hagis passat tan bé amb aquest llibre com nosaltres a l'hora de fer-lo. Hi ha més aventures del petit drac Coco que t'esperen.

Si tens una estona i vols explicar-nos les coses que t'han agradat (i també les que no), visita el nostre web, www.lagalera.cat, i deixa'ns un missatge a info@lagalera.cat. Recorda que cal que demanis permís o ajuda a un adult.

La teva opinió és molt important per a nosaltres, perquè fem els llibres per a tu.